もり

Saso Ken-ichi
佐相憲一詩集

澪標

詩集『もり』●もくじ

装幀　森本良成

詩集

もり

虹

夕立から虹が生まれた時
色づく意味を大空に見つめた

光の反射はかなしみの湿度と関係していて
死の予感のする現実のなかに色彩が生じた
七色どころではない
原色から、溶けていく淡いものまで
雨が洗っていったもの
とらえられないと思っていたひろがりは
夢を促す生の音階の内側にあった
星のコンパスが生きることの展望を描くように

大地の下にも色彩が続いているだろう
森じゅうの虫たちの祭り
心の視力がモグラのように関係性を掘り下げるなら
虹は確かに半円ではなく円い曼荼羅

大気は常に動いているのだ
笑ったり怒ったりするだけでなく
泣くことのできるこの空に励まされて
歩く

昔の人が後光と名づけた光のそうめんに
夕暮れは祈りのはしを渡す
傷だらけの世界を願いのざるで洗いながら
心臓も照り返されて
隣の鼓動に輪が架けられる

虹を包む
もうひとつの虹

いまを見つめる妻の横顔
ぼくに宇宙のすべての色が押し寄せて
その手を握る

夕暮れ

感傷を超えるのが一人前だと言われても
きみは感傷を捨ててはいけない
むかしの人びとが圧倒的な否定の論理に包囲されて
心の逃げ場なく死んでいったことを活かすのなら
近ごろの人びとが圧倒的な広告の語彙に浸食されて
心の独創性を殺されるのを防いでいくのなら
きみは立ちどまる勇気をもたねばならない
一日の終わりは決して夕刻ではないのに
なぜ人は夕焼けに終末と再生を見るのか
それを徹底的に見つめてきみは
ごみ溜めに投げ込まれた涙の数々を

探していかなければいけない
共感がすべての出発点だとすれば
空を塗りこめる血流は
過ぎていった時をよみがえらせる
外科手術だ
人類までもが自らのなかに流れ出し
血の感傷は非個人的でありながら個人的で
世界は巨大な孤児院だ
桜
散るというよりは、舞うというよりは
還っていく花びら
土の教訓は政治経済だけじゃない
きみの人生もまた還る喜びを
底の方から感じとらなければならない
出陣の儀式じゃない
国家なんかじゃない

ましてや宴会の道具なんかじゃない
桜吹雪の比喩は根元から変わるのだ
いまこの夕暮れに
空から降り落ちる花びらが
きみ自身の心の奥の
愛おしい人の滴であるならば
そしてどこか知らない外国の花の友人であるならば
それを感傷と切り捨てるあらゆる強制を捨て去って
きみは何でもない地球の暮らしの窓の人恋しさを
生ききらなくてはならない
闇夜を嘆いている場合じゃない
闇の内省を
花びらとして咲かせなくてはいけない
このスカーレットの夕暮れが出発点だ
色づく果てしないものに
回転する星の引力を確かめて

向こう側へ
ずっと深い向こう側へ
空いっぱいの桜を泣け

オオカミ

山のオオカミ
狼は犬神だ

多摩川は
山から海へ
集落は
狼を描いた札で祈る
奥多摩の武蔵御嶽神社では
狛犬も狼だ

アイヌも和人もネイティブアメリカンも神と感じた

中世ヨーロッパは悪者にしたが
もっと昔のヨーロッパ古層は狼神話

農作物の豊穣、害獣よけ、火災や盗難よけ

インドでは狼に育てられた人の子の言い伝え

近代日本が絶滅させ
現代世界が絶滅危惧種とした生きものだ

川崎の多摩川土手でリンチ殺害された少年は山陰からの転校生だった
笑顔が印象的な明るい子だったと証言されている
〈グループを抜けたいが、怖い〉
〈殺されるかもしれない〉
深夜の暴行は徹底的で

事件発覚後
土手に
追悼の花束が置かれたが
誰も助けられなかった

遠くの森の境内に
一匹の狼

月が照らす下方の流れは
始まったばかりだったきらめきで
可能性の魚たちを乗せている

ウオーン
大神が吠える

失われたものの激しさで
ぼくたちに
土の匂いを思い出させるために

宝石

統合失調症
躁鬱症
心身症
パーソナリティ障がい
注意欠如・多動症
自閉スペクトラム症
依存症
心的外傷後ストレス障がい
パニック障がい

人格の森には

傷のグラデーション

要素が突出するか潜在的かは運命だが
人類の記憶と無意識に磨かれて

個別の光

原石を握りしめ
ひとはポエジーへとたどりつく

総人口にしめる割合よりも
はるかに濃いと思われる
詩の世界の傷の痛み

叫び
癒し

野獣の輝き
太古の森に滝があふれる

〈普通の人〉
など存在しない

読者もまた傷のグラデーション
読む行為に自らをもかえりみる

希少であること
その定義を見つめる

内側深く
鉱脈がつながる時
ひとはそれを
文学という

影

紙面で眼から脳へ伝達される
その国の名前は
人びとの怒りや嫌悪を呼び起こす
耳で聞く報道も
その名が出ると
嫌な予感

とにかくひどい国で危険だからつきあわない
そこに暮らす人びとは批判能力が麻痺しているから

と考える側もまた

どこか他から
同じように見られているかもしれない

国連加盟一九三か国
国境線を心がまたいで行くと
国歌印が消えた日常の人間がいて
衣食住にコミュニケーションをしていて
遠い昔にどこかの森で会ったような気がしてくる

大学の国際法の先生は
世界史の和平交渉や条約の
試行錯誤と実りの積み重ねを教えてくれた
外交かけひきの中に
ためらい揺れる地球人類の視点
ぼくは外交官にも新聞記者にもならなかったけれど

「ねえ、北朝鮮って嫌ねえ」
と言っている老婆は
朝鮮学校に通う在日少年が聞いていると気づかない

「ねえ、日本人って嫌ねえ」
とどこかで耳にする時
ぼくは肩をすくめるしかない

「ねえ、どこそこって…ナニナニ人って…」

他人事にすれば楽だから
人はくくりたがるけれど

それは影

もうひとつの

あるいはいくつもの
自分の姿だ
影は震えている

意識化と融合の
新しい森を
内側から求めている

世界はひとりひとりが背負っているのだから

補償の森　Ⅰ

夜明けの川にアオサギが立っている。灰青の体が赤紫の光線に照らされる。遠くの山を見ているような、近くの獲物を見ているような、どこも見ていないような、すべてを見透かしているような……。孤高と名づけたくはない、達観とも呼びたくない、ありのまま。はばたいて樹のてっぺんにアオサギが降りる。

ツバメの群れが駅の上空を旋回する。いや、群れではない、協力関係か。降りてくると一羽一羽、個別の動きだ。人間を好むなんて珍しい。好きというより合理的な共存関係の選択か。ヒトの住まいのつくりが彼らにも便利らしいし、ヒトも燕尾服を着て鳥の真似をする。

オナガドリが野原の木から木へ飛び移る。我が家は地球だと彼らが言ってもおかしくはないだろう。灰青の身は着物のように伸びているが、舞台衣装を着飾っているわけではなくそれが裸。よく知られた濁った鳴き声は警戒音であり、パートナーとの愛の声は全く違うらしい。ギュイギュイギーとチュルチュルピーの間には、生きるということの何かがあるだろう。

夢は醒めるものではなく深めるもの。そうおしえてくれたのは自然界だった。

意識的現実が無理をしていると無意識の深遠な計らいが夢を通じて補償的な象徴の物語を送ってくる。個人的なものと人類的なもの。個別の差異と集合的な内的蓄積。

計り知れない広大な森が、ヒトひとりの中にある。

木々は連なっているのに一本一本は離れている。その寂しさは同時に愛の源でもあり、自由というものが自然界に備わっているとすれば、時空の根源そのものが脈打つ命の流れを思い出させてくれるからかもしれない。川は山にも海にもつながっているから、そして朝焼けは夕焼けと夕焼けの間にあって星空が準備するものだから、わいてくるものを勇気と名づけてもいいだろう。木は黙っているのではなく、常に呼吸している。その息が風となって森の緑を揺らす。

〈ススメ、ススメ、兵隊ススメ〉と学問のススメのように促された時代があった。とにかく進んだ。侵略し、打ちこわし、焼き尽くし、殺しまくり、殺されてなお名誉だと祀り上げられ、旗を振り、群れて、そんな時代は短くはなかった。スズメよりはスズメの方がよかったというのは駄洒落ではない。野に鳴くスズメの声にふるさとを思い、歴史を改造することが偽造に過ぎないと気づいても強制される高揚と陶酔を止めることもできず、ひそかに胸にひろがったもの。時代の要請する旗印をつけた仮面の奥には、もはや武器を持たないインターナショナルな地球自然への回帰願望が波打っていたかもしれない。現代の引きこもりの人のように、野山に心閉ざしてこもる欲求が切実だった。最新の心理学に照らすならば、反戦や非戦だけが好戦の対極ではない。厭戦の兆候としての孤愁や懐古、自然回帰などの心象は、時代の意識または無意識が人類の狂気を爆発させていたその時に、小さな個の生の偽らざる悲鳴を通じたもうひとつの無意識あるいは意識の表れだったのだ。それは、国家とか神とか民族とか集団とか、束になって突っ走るものに同化しきれない、心の補償だった。怪我をしたスズメのヒナを見つけて守る心が、ススメ、ススメの合唱をすることの悲劇。引き裂かれたものを抱えて、せめて自らを正当化するために、優しいはずの自然風景を国家の匂いのするものに捻じ曲げてお墨付きをもらっても、それは芸術とはならなかった。なぜなら芸術は、悲鳴をあげる深層をごまかしては成立しないからだ。惨たらしい時代の裏側で、ひそかにヒトの心にしみこんでいた夢の自然風景。それは、強引な意識または無意識の狂気に対する、心の奥からの抵抗、警告だっただろう。もう兵隊はススメないのだった。

白い鷺をコサギ、チュウサギ、ダイサギと名づけたのはよくなかった。昆虫を〈○○もどき〉と呼ぶのと似た、あるいは番号で呼ばれる囚人のようなものだろう。灰青の共通性をもっていながら違う佇まいを醸し出しているゴイサギ、アオサギ。三種類の白い鷺もまた、次の時代には別の呼び名がほしい。いや、ヒトがひとりひとり違う個人として呼ばれるように、鷺もまた、一羽一羽の名前で呼ぶべきか。

夢を深めるということは、物語を知ることだ。気づかなかったが深く存在するものを多面的につなげることだ。森の中で木洩れ日に立ち止まるとき、それは単なる日光や木々の影や葉の茂みや土や風ではないだろう。動いているそれぞれが、ある時刻にその場所で、奇跡的に組み合わさってできるもの、その運命的な可能性を目撃者の星座とするなら、星座と星座の大銀河は、アスファルトで覆われたぼくたちの世界そのものの補償として、新しい森の出現を促しはしないだろうか。しかしそれは巨大で壮大な物語というよりは、ひとりひとりの疎外された生の全体を過去にさかのぼって発見しつなぐものであるだろう。森は木からできているし、木は枝や葉や花や実からできていて、その根っこがつながっている。

補償の森　Ⅱ

行路を共にする妻が野良猫に語りかけている。人に捨てられたのであってヒトに捨てられたのではない、わたしはここにいるよ、と言うように。

港にはばたくカモメのまなざしを見ていた。心の中の赤に対する青の補償。見つめていると、羽を休めるという比喩は呑気なものではなくて、もっと根源的な、生き続けるための行為だった。カモメの鳴き声が痛かった。そうして繰り返される海紀行が川をさかのぼって森へとつながる時、カモメは鷺となった。空から舞い降りてきたアオサギが樹のてっぺんにとまる時、ぼくの眼の奥にダブるのは、旋回して船の錨にとまったカモメである。なるほど生命の始まりの海から人類発祥の森まで、つながる銀河を案内するのは進化の道を異にした鳥。異なるからこそ、人生のしがらみや別離の繰り返しに濁っていく頭を離れて見つめられるのだろう。個体は類を繰り返すだけじゃない。そこに独自の物語があるのだから、カモメを見つめた日々と、鷺を見つめた日々は、彼ら一羽一羽の物語と共に、ぼく自身の物語を促しているのだった。

きょう、金星が月の近くに見えた。ありったけの光を発している。金星が目につくのは土曜日の予感に胸が躍るからだろうか。自然界もまた物語に満ちているとしたら、生きることの寂しさにも耐えられる。太陽の時間だけが希望の象徴ではないだろう。夜は昼の補償なのだから。心の森では、緑が青と赤を包むだろう。明日のゴミ分別収集でさえ、物語の星座の中にあるだろう。

地下無限階

もぐって行けばいい
つながるものを
たどっていけばいい

地上の姿を支えて
地中に張った
根っこで生きる木々

向こう側へ行きたくなって
立ち止まる時
見えなかったものが

大気に満ちる
進むなら地下だよと
風が伝える

雨が蒸発して
空気を変えながら
地中の養分となって
語りかけてくる

思いは虫や小動物のうごめきにたとえられる
遠い記憶か
穴を掘りたくなる
土に触れる
大事なのは物語の視点だ
ごそごそと混じり合うものに

裏側まですくいとって扉をまた開ける

地下でつながっているのなら
生きることが裏側まであるのなら
深さそのものが希望であるのなら
愛することの海底へ

地上の暮らしに這いつくばりながら
地下無限階に
森を感じて
きょうも呼吸する

そんな人を
新しい森が待っている

雲の道

〈暗雲が立ち込める〉
〈雲行きが怪しい〉
ばちあたりな言葉だ

青空が気持ちいいのは
白い雲があるから

雨模様にしみじみするのは
雲の落ち着き

雪を宇宙にするのは

一面の雲

黒と白のあわいから
透明な風が
森の緑を
世界の波音で満たす

雲の道　を
雪の道　や
雷の道　と
読み間違えるのは構わない

曇り　と
雲　を
混同したっていいい

雲は全般に架かる橋なのだから

皮膚の敏感な妻と
雲を讃える

ふわふわもくもく
浮かんでひろがり
ギラギラの紫外線から守ってくれる

オゾン層は破れているが
夢やあこがれは
雲のように
再生される

樹海の蜘蛛

風に飛び
わたる命の内側から紡がれていく物語
宇宙摂理のぶらんこに
泰然と時を待って生きる八本脚だ

たて糸を伝い
よこ糸をつなげて
左右対称をほんの少し崩してあるのは
地球が楕円であるのと似ている

木陰の薄暗がりにたなびく幾何学模様は
もうひとつの世界へのマンダラ

朝に自らの糸を食して回収し
夕方デザインを更新する
樹海の片隅に糸の帆を張って

＊　＊　＊　＊　＊

幼い頃、若い叔父と遊んだ。両親の不和を感じ、病気がちなぼくは、親友もなく草野球もまだ知らず、神社境内や野原を駆けるしかなかった。祖父母の家に行くと叔父がいた。大学を出て何をしているか知らず、受けとめてくれる存在を渇望する幼児は、叔父に救われ、いっとき時空を共にした。〈たかしおにいちゃん〉と呼んでいた。

昆虫やキャッチボールも教えてくれたが、彼が最も得意としたのは蜘蛛の世界だった。ほら、と差し出す小さな生きものの神秘。八本脚で歩く様子も面白かったが、網を張ったところには驚嘆した。なぜこのような生きものがこの世にいるのか、なぜ彼らはこのような芸術を淡々と生み出せるのか。見つめるほどに蜘蛛はぼくの根幹をとらえて、するすると深遠な物語を紡いでいくのだった。叔父は笑顔で見ていた。不気味さや怖さとは結びつかず、ぼくはたかしおにいちゃんに紹介された蜘蛛たちと友だちになった。

蜘蛛は人間に嫌われていた。猛毒種はごく一部で、日常目にするものは平和共存主義者ばかりだったが、忌み嫌われ、気味悪がられ、怪しがられる。涼しい顔で生態系を守る彼ら。呪われているのはどちらだろうか。愛らしいという言葉がふさわしいのに、周囲の誰も蜘蛛の話を好まなかった。叔父は世界の裏側を見抜く異次元の使者ではないか。微小世界の壮大な芸術美が、ありのままの命の姿で目の前にある。蜘蛛を通じて命の喜びを教えてくれた。幼すぎたぼくはそこに叔父の、あわれ、や、かなしみ、を感じとれず、敬愛と親しみの対象として、きっと彼は天才に違いないと得意になっていた。

両親は別れ、学校生活が忙しくなり、ぼくをめまぐるしい疾風怒濤が襲い、いつしか叔父とのひとときは遠ざかっていった。後になって知った。叔父は心の病に苦しんで病院にも入っていた。発狂したように暴れて、家の書籍を破いてまわったらしい。疎外感としての蜘蛛への親しみだったのだろうか。

その後、ぼくが大人になって三〇も越えた頃、祖母を訪ねたことがある。祖父は弱っていて認識もあやうかった。

激動の後の穏やかさへ向かう叔父と、その面倒をみる祖母の暮らし。来客には絶対に会わない叔父が階段を下りてくる。太ってひげ面だったが、確かに彼だ。一瞬のぎこちない笑顔。〈やあ、けんちゃん、大きくなったなあ〉。たちまち、ぼくのなかに蜘蛛を乗せたあの日の叔父の手のひらが浮かぶ。蜘蛛の巣のような深い手相。そこを歩く生きもの。不器用な笑顔と〈こんにちは〉しか返せなかった。運命の再会を見つめる祖母が一番うれしそうだった。その祖母も祖父ももうこの世にいない。叔父はどこかの病院に寝ているらしい。

＊　＊　＊　＊　＊

霧とはうるおいの濃度なのかもしれない
あつくなったものをひんやりと覆ってひろがる

見慣れた視野を一変させる
いろ濃くなった葉の連なり

聴こえてくるのは
深層からの波音だ

気張りがちの意識が
無意識に包まれる

視界いっぱいに浮かぶしずく

通り過ごしてきた大事なものが
目の前に揺れている

樹海の音階に耳を澄ます

＊＊＊＊＊

数十年を経て、蜘蛛の物語が再開された。森の樹海。妻とぼくは霧のなかを歩いている。怖いのは、不気味なのは、蜘蛛ではなく、人の世のさまざまな網だ。こころ血まみれのところで出会った新たな森の糸紡ぎ。山の神社に分け入っていく。誰もいない境内に人びとの祈りの気配が感じられる。結んでいったおにぎりを食べていると、軒先にエメラルドの蜘蛛。小さな命が揺れている。きのうは食事にありつけただろうか。わりと元気そうに見える。そのような透き通った緑の蜘蛛と向かい合いながら、ぼくらはコメといっしょに梅干を食べ、昆布を食べる。このエメラルドに浮かぶ存在自体が、祈りというものなのかもしれない。蜘蛛の話を妻が教えてくれる。彼らの習性。へえっ、すごいね。ぼくは妻に叔父のことを話す。彼女は真剣に聴いている。〈優しいおじさんね〉。そして

ぼくたちは叔父のために祈る。エメラルドの蜘蛛の神に
祈る。

＊　＊　＊　＊　＊

火災だろうか
急病だろうか
事件発生だろうか
真夜中のサイレンだ

祈ったり願ったり
現代の境内には
今夜も数えきれないほどの息遣い

近所の犬もニワトリもカッコウさえも
夜中に鳴きやまないことがある

垂れ流されるニュースなるものは
人類のほんのひとコマに過ぎない
皆が同じ熱狂を見せている間に
完璧に誰からも疎外された
どこかの誰かの精神が
時には肉体と共に
抹殺される

それがぼくたちホモサピエンスの習性なのだろうか

考え出すと寝られなくなる
疲労が襲ってきて
いつの間にか
目覚まし時計が鳴っている

＊　＊　＊　＊　＊

いまは陸地でも、いつかは海だった。海底と地底はマグマを経てまた海底と地底になりやがて反対側の波間と山にまでたどり着く。この星が球体であり、水と土は動いていて、人間でさえバリエーションがいろいろあることを知って長い時が経った。

蜘蛛とヒトの共通祖先は二十数億年前だろうか。海のなかだった。生物進化の系統樹はにぎやかに枝分かれして、鳥などは超然と空をゆく。昆虫とも遠い間柄の節足動物として、蜘蛛は人間の深層意識を刺激する。足であったものの半分を手と名づけてあれこれ頭脳指示に従わせ、重い図体を二本足で支える人間は衣食住を自ら作り出し、コンピューターを生み出した。八本脚を音もたてずに動かす蜘蛛はコンピューター並みの直感で網を張り、静かに待つ。自分の命の値打ちを疑いもせず、焦らずダイナミックに、一年かせいぜい数年間のまばゆいばかりの生きざまを見せる。内側からあふれ出てくるのは、摩訶不思議な宇宙の模様だ。

そう、生きていること自体が不思議であることを叔父は教えてくれた。蜘蛛を通して伝えてくれた。森を歩く時、海時代には同類だったエメラルドの蜘蛛が、土色の八本脚が、花魁にたとえられる生きものが、たった数十年の歳月でさえ人生はかなしいということを、だからこそ喜びは陳腐じゃないということを、四〇億歳の生命の風を通して伝えてくれる。この歩行が樹海の旋律に和するなら、物語の方向は間違っていないだろう。心の糸は繰り返し、夢の酸素を大事にするだろう。おにぎりのように、模様は結ばれていくだろう。何億年かしてこの心の化石が出てきたなら、時の精神は、思考と感情の系統樹に、

何を茂らすだろう。その時に、森は、海は、まだ呼吸し
ているだろうか。

＊　＊　＊　＊　＊

蜘蛛という教師

雲
と同じ響きの
宙をわたる存在

ヒトと同じ肉食の
ヒトと違う
摂理の守護神

物語は紡がれ続けるのだとおしえてくれる

自然界の神わざで
夢の飛翔と
漂う糸の
心模様をしみこませる

生の樹海を泳ぐ寄る辺ないものに
森という生き方を思い出させてくれる

突進する群れに傷を負ってなお
薄暗い霧のなかに
共に生きる銀河の岸辺に
新しい関係性が
痛み
という
花を育てる

セツブンソウ

あなたの肌が太陽に弱いのは
内なる太陽が輝いているから

あなたの眼が弱いのは
宇宙の視野に内なる緑が見えるから

あなたの膝が時々痛くなるのは
内なる運動がめぐっているから

あなたの足が規格外なのは
存在がオリジナルだから

あなたの肩と首がこりやすいのは
心が繊細だから

あなたの声が朗らかなのは
がんばって生きてきたから

あなたの笑顔がリアルなのは
夢が響いているから

豆まきは
鬼は外
でなく
いっぱいあったかなしみを
鬼として
ぼくらのうちに迎える

あなたの生まれた朝の雪
花ひらく
セツブンソウ
あなたの新しい時間が
また始まった

ジョーカーの時間

枠組が固まるといつしか
がんじがらめの運命カード
数字のついた役割は
強弱が決まっている

しりぬぐい
いけにえ
スケープゴート
人びとの苛立ちの
はけ口になって

ほら
今日も嘲笑されている
あの人、この人

大きな渦に巻き込まれ
場の空気と建前に支配され
差別され
つぶされて
使い捨て

ひそひそと野次馬根性
そんな大人をまねた学校でも
ひとりぼっちの子が
飛び降りることを考える

土壇場で

運命の切り札はやってくるだろうか

ジョーカーよ

ピエロのかなしみを笑いにこめて
はみ出し者に見えた
オリジナルな一枚が
すべてのカードにまさることを
傷ついた持ち主におしえてやれ

夢のつえで
サーカスの曲芸で
華麗なるどんでん返し
このいじめ社会を
ひっくり返してやれ

ひとは七〇億通りの心と体をもっていることを
ジョーカーよ
君はおしえてくれるだろう

たくみなユーモアで
生きていることの
可能性を

歳月のカードがめぐり
ジョーカーの笑いが聴こえてきたら
どこかの誰かの人生に
ほほえみを返したい

西武拝島線沿線

森の夕焼けを戦闘機が裂く。電車の上を基地へ降りていく。口米国歌が順番にかかる。買い物帰りも仕事帰りも散歩も自転車もやり過ごす顔は無表情。玉川上水を立川市から昭島市へ。福生市、武蔵村山市、瑞穂町、羽村市。横田基地周辺の日常だ。古い団地、商店、昭和風居酒屋やスナック、急増する新しいアパートや建売住宅。東京の西はずれ、青梅・奥多摩の山が近いので種々の鳥、小動物を見かける。基地跡地から返還された広大な森と畑が立川にあるのだから、この辺りもいずれ平和地域になるだろうか。〈いずれ〉はいつなのか。また一機、降りていく。

十代の頃、横浜で米軍基地から放送されるFENラジオ、ファーイーストネットワークの音楽番組を聴いていた。いまはAFN、アメリカンフォーシズネットワークと名乗るその英語放送は、基地撤退を願う少年にとって別の魅力をもっていた。軍隊や国家に嫌悪感をもつ者が、アメリカのアフリカ系や一般市民が聴く音楽に親しむのは自然だった。黒人ソウルはもちろんだが、白人ミュージシャンが黒人音楽に憧れてロックやポップミュージックにアフリカンリズムを取り入れたものも聴いた。兵士には職に困ったアフリカ系がいるとも聞いていた。兵隊嫌いの少年は下級兵士の命を思うことで、世界は矛盾だらけだということを知った。

矛盾は底なしのねじれ現象を起こし、かつてベトナム反戦ロックコンサートが当事国アメリカで始まったように、

ＦＥＮラジオの天気予報の女性の声は基地からまた人殺しに出かける機会が来ないことを願っているように響くのだった。

横浜の丘は電波受信が良く、ピョンヤンからの日本語放送も耳にした。ＡＭラジオのつまみを回していると偶然聴こえた謎の世界。「こちらはピョンヤン、朝鮮中央放送です」だっただろうか。繰り返される政治プロパガンダを差し引いて、音楽などに集中する聴き方は米軍放送で慣れていたが、韓国と同じ民族が暮らしている、日本と国交のないその地から届く合唱は、歌詞がわからないのも幸いして美しかった。

少年は同じ神奈川県の川崎に大勢の在日コリアンが暮らしていることを知った。ひとりで出かけて行った。衝撃だったのは多摩川河川敷で住居地図にも載っていない貧しい暮らしを強いられていた在日の人びと、背景の戦前日本の植民地と軍国主義の歴史だった。在日コミュニティは北系と南系に分断されていた。ここでも少年は世界が矛盾だらけであることを知った。韓国の音楽と北朝鮮の音楽は同じ言語で歌われており、少年にはその響きとアメリカのヒットソングの間に大きな差異は感じられなかった。音楽こそが何かをつなげる、そう感じる少年だったが自ら演奏することはできなかった。

こうして横浜の少年は世界で最も仲が悪く敵対しているらしい米朝のラジオ放送を交互に聴いた。極東には日本、韓国、北朝鮮、中国、ソ連があり、米軍もいた。どうしていがみ合っているのだろう。どうして軍隊で働かなければいけないのだろう。どうして政治は何も解決しないのだろう。

少年は新宿の大学青年になり、ある日FEN放送でゴルバチョフのクラスノヤルスク演説英語通訳版を耳にした。横田基地の兵士も聴いているだろう。聴き取る英語力はないが、米ソに続いて韓ソ関係改善、アジア太平洋の核凍結など緊張緩和に、世界が祈りの瞬間を迎えていることを感じた。だが、その後の世界がどうだったかは読者諸氏の知る通りだ。

三〇年後のいま。奥多摩への連山を染める夕焼けは、世界のいっそうの亀裂を泣いている。湾岸戦争、アフガニスタン空爆、イラク戦争、シリア戦乱、南スーダン介入。また一機、米軍機が基地へ降りていく。対抗するように北朝鮮のミサイルも日本海に落ちていく。日本の政治家も火に油を注ぐのが仕事のようだ。沖縄の人びとは震えているだろう。

元少年は日本のラジオ放送でコリアの南北首脳会談を聞いた。非核化への言及も聞いた。たちまち脳髄に、かつて多摩川河川敷や川崎桜本で遭遇した在日の人びとの顔が甦った。大阪時代に歩いた鶴橋の在日の人びとの顔が甦った。若い頃ひとり旅した韓国各地の食堂のおばちゃんや、道を教えてくれた青年の笑顔が浮かんだ。

米朝首脳会談の可能性が電波から流れてきた。スーパーや路上で見かける兵士家族の顔が浮かんだ。アフリカ系、ヒスパニック系、ヨーロッパ系、さまざまな移民の子孫が、矛盾の中で埼玉県産トマトなど買うのだった。

〈立場が違う〉

その一言で閉ざされるこの世界。日常のあらゆる分野で関係は分断され、ホモサピエンスに派閥がはびこり、あらゆる力で物事が裏で決められ、接する前から人は人を偏見や差別の眼で判断し、変わるようで変わらないこの世界。じゃあ自分はどうなんだと自問しながら元少年は歩き続けるしかない。素手のまま、同じ願いを持ち続けているが、頭上の軍用機に耳を塞ぎながら、無力という禁句がたえず頭を悩ませる。西武拝島線からＪＲ八高線、青梅線にかけての地域には、もしかしたら似たような思いの人びとが暮らしているかもしれない。

遠くの山を見つめ、妻と休日の散歩から家路に向かう。軍事基地よりも長い伝統をもつ多摩の森だ。世界がどうなるかはわからないが、たえず森そのものは命の側にあり続けるだろう。ラジオ放送が許されるのならば、元少年は奥多摩の森放送を開局し、すべての民族の人びとのリクエスト音楽をかけるだろう。愛の歌を二四時間かけるだろう。誰だって、誰かを愛することで生きていかれる。嘘だと思ったら森へ行くといい。ホモサピエンスよりも古株の生きものたちが今日も生態系のなかに生きている。奥多摩の雪解けのように、世界にも花の季節が来るだろうか。それは他人まかせでは来ないだろう。元少年は元少女の手を握り、今月の家計のやりくりについて話し合う。西武拝島線が白竜となって世界の血のなかをすすんでいく。

天気予報

外れたからって
こわがることはない

先の先まで当てられても
つまらない

生きるとは
そういうことだろう

夢の消印はいつも過去だから

時に

焼け野原の空にさかのぼる
〈今日も明日も絶望でしょう〉

手渡された
記憶の手紙

それでも追伸には
願いの虹が
観測されてきた

不安定な大気の中に
あしたもあさっても

風の比喩

かたちのないもの
吹いてくるもの
吹かせるもの
流れるもの
流すもの
揺らすもの

当たりつけるもの
刺すもの
撫でるもの
奪うもの
運ぶもの
飛ばすもの
届けるもの

＊　＊　＊　＊　＊

夢のいろをしていたり
現実の深淵に突き落としたり
ふるわせるもの
しみいるもの
言葉が選び出せない時の旋律のように
間合とかニュアンスとか
そういった繊細な何かのように
匂いがあるもの

＊＊＊＊＊

〈風はアニマ〉と心理学は言い
〈風は神だ〉と文化人類学は言い
〈風は向きに注目〉と社会学は言い
〈風は水平の大気〉と気象学は言い
〈風は気圧の問題〉と物理学は言い
〈風に要注意〉と消防署は言い
〈風に乗りたい〉と歌手は言い

〈風を計算する〉　と野球の外野手は言い
〈風を味方につける〉　と変化球投手は言い

＊　＊　＊　＊　＊

すきま風
こがらし
山おろし
海風
夜風

通り風
そよ風
花嵐
つむじ風
雨風
秋風
からっ風

＊ ＊ ＊ ＊ ＊

季節風はアジア各地の暮らしをつくり
雨期、乾期
四季
もっと細かい暦にはお祭りがいっぱいあって
自然環境に生きる人びとの歳時記がまためぐる

＊　＊　＊　＊　＊

中国大陸と朝鮮半島と日本列島
マンモスの頃からウハウハと
偉大なる原始人たちが風を頬に歩いていた
仙人と巫女の森が水墨画に描かれ
漢字、ハングル、ひらがな、カタカナ
いくつもの〈国〉が栄えては亡び

殺傷と争いが起こり
交流が癒し
翻弄されながら
無数の人と人が新たに結びつき
語りあい

〈パラム〉

〈フォン〉

〈かぜ〉

時代の天気予報を超えて

この星の呼吸

痛みのグラブ

〈白球を追いかけて〉
というけれど

記憶は
赤になったり
青になったり

光の波は視覚よりは
心という
とらえどころのない領域に
飛び込んできた

場外ホームランでしょうか

Globe（地球）
Glove（グラブ）
一文字違い

緑の出自をもつ人類グラブで捕球して投げ返し
ジンセイとかいうグレーゾーンにとどまって
シャカイというウンコ色のクソッタレにまみれ
ろくなことないと黄昏ていると朱色になって
夕暮れの赤紫から青紫へのグラデーションの彼方
宇宙の黒に
銀や金です

かなしみが
陳腐でないならば

出来事は
後から着色される
それでいいのです
染めぬいて
磨きあげて
キャッチボールとはそういうものですから

手探りのグラウンドに光の乱射
エメラルド、サファイア、ルビー、ダイヤモンド
琥珀、黒曜石、翡翠、真珠、珊瑚、そして
オイオイ泣きながら叫びながら現れる
あのひと　このひと　次々と
オールナイトのカラフルな草野球です

ライトアップされた痛みの球場に
あの世からこの世から
歓声と握りこぶし

〈現代〉は
〈原野〉になるでしょうか

物語を駆除して闇も光も足りないこの時に
懐かしくて新しい物語の色合いは
森のざわめきからの
一球で始まるでしょうか
心は
ひとつひとつ受けとめられるでしょうか

走るひとの背中に
地球儀は重すぎるけれど

その奥にひそやかに色づいているのは
番号ではなく
とりとめもないけれど追いかけてきた
そのひと自身の
夢と呼ぶにはもったいなく
愛と言うにははかなしい
なにかのぬくもり

光合成

酸素があたりまえになったところから
世界は始まった

水分が
地中から草木へ

根をひろげ
葉を通じて
呼吸して
伝える

宇宙を回る連携に
すべての悲惨が
分解される

そして
風がわたる

生い茂ることに
限りはない

そのように
森が

すべての人為的な
支配や破壊や暴力を
風刺する

すべての寄る辺ないものを
励ます

青と赤を包む
緑の循環

そのなかを
透明なものが流れている

光合成が
また何かを再生させるだろう

いまも
もりはざわめいている

あとがき

森の語源をひろってみると、茂《も》り、盛《も》り。茂って、盛り上がり、多様な木々が盛んなところ。人類の原郷であり、畏怖すべき自然界の象徴であり、また無意識という内なる異界でもあります。個のなかに普遍があり、普遍は個から成り立っているのでしょう。

悲惨で冷酷な現実世界です。疎外されたものの側に立つというよりは、わたし自身が生来、疎外感を抱えてきたので、共感がわいてきます。ひと一人のかなしみを無視しては、大きなものにも立ち向かえないでしょう。他者性とは自己の意識・無意識の深化かもしれません。見渡せば、相変わらず夢や愛を嘲笑する向きが目立つようですが、恐れずに深く道をすすむ存在にわたしは拍手をおくりたいと思います。

群れたくないという思いと、ひとの心に寄り添いたいという願い。かつて朝日新聞の記者・音谷健郎さんはわたしを取材されて〈人と動物と地球を橋わた詩〉と書かれました。最近、現代詩人で美術評論家のワシオ・トシヒコさんはわたしを〈野球でいえばキャッチャータイプ〉と評されました。そうした声に励まされてここまで来ました。確かにこの二〇年、縁あってさまざまな詩の場で心と心をつなぐお世話をしたり、編集を通じて新たな才能を世におし出したり、さまざまな才能の特長を熱心に論じたり、すぐれたものをひろめたりしてきました。でも、お前の詩自体がそういう性質だと指摘されるのは喜んでいいのでしょうか。それともお前はそれしかできないのだと突きつけられているのでしょうか。

いま一度、わたしは書き手としての原点を見つめたいと思います。死を意識した一七歳に詩世界と出会い救われてきた心の森のありようを、発展的に今日に活かすために。

この約五年に世に発表した作品群の約七分の一にあたる一七篇を選びました。森に関わって書き始めた前詩集のさらなる先へと追求していったものが、全体のなかに少しでも活かされたなら幸いです。

生きているうちに一度は大阪の出版社から詩集を出したいと考えていました。三〇代から四〇代はじめまで暮らし、いろいろな意味で転機になった街だからです。やがて関西から遠ざかり、大阪と距離を置いた頃、思いがけず松村信人さんというダンディな心をもつ関西出版人と出会い、澪標《みおつくし》さんに願いを実現していただくことになりました。深く感謝御礼申し上げます。そして、東京の西外れの森で困難な人生行路を共に歩んでくれる愛する妻には、あらためて感謝です。

この詩集を読んでくださったすべての方々に、心からありがとうの笑顔をおくります。

二〇一八年五月四日　五〇歳になった、みどりの日に

佐相　憲一

この詩集を、太陽系第三惑星に捧げる

＊収録された作品は、詩誌「オオカミ（旧「狼」）」「コールサック」「詩と思想」「詩人会議」「いのちの籠」「北の詩手紙」「モンスーン」及び「神奈川新聞」に掲載された。本詩集収録にあたり、各作品を再構成し加筆した。掲載先の各編集部に感謝申し上げる。

佐相　憲一（さそう　けんいち）

1968年横浜生まれ。

詩集『共感』『対話』（東洋出版）
　『愛、ゴマフアザラ詩』―第36回小熊秀雄賞―
　『永遠の渡来人』『心臓の星』（土曜美術社出版販売）
　『港』（詩人会議出版）
　『時代の波止場』『森の波音』（コールサック社）
　『もり』（澪標）
エッセイ・評論集
　『21世紀の詩想の港』
　『バラードの時間―この世界には詩がある』（コールサック社）
小説文庫
　『痛みの音階、癒しの色あい』（コールサック社）

日本詩人クラブ、日本現代詩人会　会員
現住所　〒190-0033 東京都立川市一番町 1 -45-17-203

もり

二〇一八年六月二九日発行

著　者　佐相憲一
発行者　松村信人
発行所　澪　標《みおつくし》
大阪市中央区内平野町二―三―十一―二〇二
ＴＥＬ　〇六―六九四四―〇八六九
ＦＡＸ　〇六―六九四四―〇六〇〇
振替　〇〇九七〇―三―七二五〇六
印刷製本　亜細亜印刷株式会社